Th. des Troubadours — 16 fru

Ninon
de L'Enclos
ou l'Épicureisme
par aug. Creuzé.

NINON DE LENCLOS,

OU

L'ÉPICURÉISME,

COMÉDIE-VAUDEVILLE

EN UN ACTE ET EN PROSE,

Par le C. AUGUSTE CREUZÉ.

Représentée, pour la premiere fois, sur le Théâtre des Troubadours, le 16 Fructidor an 7.

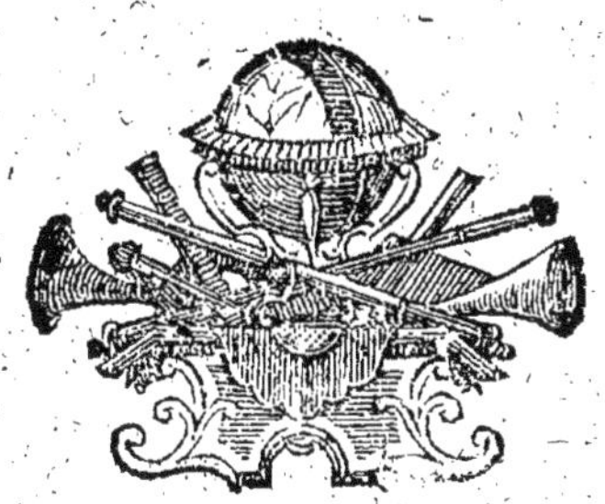

A PARIS,

Chez les Libraires qui vendent les Nouveautés.

AN HUITIÈME.

PERSONNAGES.	ARTISTES.
	Citoyens & Citoyennes.
NINON,	*Laporte.*
M. DE SEVIGNÉ,	*Belfort.*
M. DE LA CHATRE,	*Revol.*
GOURVILLE,	*Frédéric.*
MOLIERE,	*Léger.*
DES-IVETEAUX,	*Delpech.*
L'ABBÉ DE CHAULIEU,	*Saint-Légé.*
L'ABBÉ TARTEFFE,	*Tiercelin.*
Mad. DUMONT, locataire de Ninon,	*Remi.*
LUCILE, fille de Madame Dumont,	*Fortin.*
DORANTE, vieillard, amant de Lucile,	*Remi.*
LAFLEUR, laquais de Ninon,	*Ducoudray.*

La Scene se passe dans le Sallon de Ninon.

COUPLET D'ANNONCE.

AIR : *Vaudeville du Jockei.*

De Ninon l'auteur interdit,
Se défiant de son mérite,
A voulu que, par un écrit,
On garantît sa réussite.
Ne protestez pas le billet
Du Directeur de ce Théâtre,
Et qu'il n'en soit pas s'il vous plaît,
Comme du billet à la Châtre.

NINON DE LENCLOS,

OU

L'ÉPICURÉISME,

COMÉDIE.

Le Théâtre représente le Sallon de Ninon : on voit un luth sur un fauteuil.

SCENE PREMIERE.

NINON, *assise près de son chiffonnier, & tenant beaucoup de lettres à la main.*

AH ! grands dieux, que de billets ! Comment, il faut que je lise tout cela ? Pauvre Ninon ! que d'affaires ! J'en expédie cependant beaucoup : mais tous les jours il m'en survient de nouvelles. (*Elle ouvre un billet.*) Ah ! c'est de M. le Prince. Comment, il m'écrit encore ! Il sait pourtant bien que mon admiration est tout ce que je peux lui accorder. Je l'ai dit cent fois : « Il faut plus de » mérite pour faire l'amour, que pour commander des » armées. » En fait d'amour d'abord, il faut toujours payer de sa personne. A propos de M. le Prince, on m'assure que Gourville est enfin rentré en France. Je le verrai sûrement bientôt, & j'en serai charmée. Après trois ans d'absence, il ne trouvera plus ici qu'une amie ; mais il fut revenu après vingt ans, qu'il l'aurait encore retrouvée.

AIR : *Daignez écouter.*

Dans mes amis, je mets toute ma gloire.
Chers une fois, ils sont toujours chéris ;
Pour mes amans j'ai trop peu de mémoire ;
Mais j'en aurai toujours pour mes amis. *bis.*

Cela me fait penser qu'il y a quelque tems que je n'ai vu ma jeune amie Mlle Lucile, quoiqu'elle demeure ici dessus. Apparemment qu'on ne lui permet pas de descendre chez moi. Elle me disait , la derniere fois que je l'ai vue, qu'elle craignait qu'on ne voulût la marier malgré elle , & on sait que je n'aime pas ces mariages-là. Mais quelqu'un vient : c'est peut-être la Châtre ou Sévigné.

SCENE II.

LAFLEUR, NINON

LAFLEUR *annonçant.*

M. l'Abbé Tarteffe.

NINON.

Ciel ! ce pédant austere ! Il s'est sûrement trompé d'étage ; je me sauve. (*Elle sort précipitamment.*)

SCENE III.

LAFLEUR, L'ABBÉ TARTEFFE.

TARTEFFE *s'inclinant.*

MAdemoiselle, un serviteur de Dieu... (*Ne voyant point Ninon.*) Eh bien , vous me disiez qu'elle y était, vous.

LAFLEUR.

Monsieur... moi, je croyais, j'avais imaginé...

TARTEFFE *à part.*

Comme l'impiété gagne ! Depuis quelque tems, je ne trouve jamais personne. (*A Lafleur.*) Allons , il faut que vous me le disiez : votre maîtresse y est-elle ?

LAFLEUR.

Vous voyez bien , Monsieur , qu'elle n'y est pas.

TARTEFFE.

Je devine : elle se sera évadée en m'entendant annoncer. Bonne disposition !

AIR : *C'est la petite Thérese.*

Sa conduite est effroyable ,
Son procédé fait horreur.
Fuir un Abbé respectable ,
Un fameux prédicateur !

LAFLEUR.

Vous prêchez ?

TARTEFFE.

C'eſt mon uſage.

LAFLEUR.

Mademoiſelle Ninon,
Vous aura fui, je le gage,
Dans la crainte d'un ſermon.

TARTEFFE *à part.*

Et c'eſt bien auſſi ce que je lui réſerve. (*A Lafleur.*) Allons, dites à votre maîtreſſe que je voudrais lui parler: & ſans doute quand elle y aura réfléchi, elle ne refuſera pas de venir. Allez, mon frere.

LAFLEUR.

Oui, mon frere, je vais le lui dire. (*A part en ſortant.*) Celui-là reſſemble furieuſement à un hypocrite.

SCENE IV.

TARTEFFE *ſeul.*

MOn frere ! l'inſolent ! Oh ! pourvu que ſa maîtreſſe m'écoute.

AIR : *Chacun avec moi l'avouera.*

Je n'augure rien de très-bon
De ce qu'elle s'eſt abſentée.
Je voudrais, pour mainte raiſon,
Convertir Ninon ſi vantée. *bis.*
Je ſaurais bien, en tems & lieu, *bis.*
Me faire payer ce ſervice.
Cela ferait le bien de Dieu,
Et me vaudrait (*ter.*) un bénéfice.

SCENE V.

TARTEFFE, NINON.

TARTEFFE *courant à Ninon qui entre.*

AH ! Mademoiſelle, que je ſuis charmé de vous voir ! Je craignais que vous ne vous y refuſaſſiez ; mais je vois avec joie que Dieu ne vous a pas tout-à-fait abandonnée. Un zele pieux, une ſainte ferveur m'appellent auprès de vous, Mademoiſelle ; & comme autrefois chez les Ninivites, le Prophete Jonas...

Ninon de Lenclos,

NINON *l'interrompant.*

AIR: *Où allez-vous, M. l'Abbé.*

Où allez-vous, Monsieur l'Abbé,
Vous êtes assez mal tombé.
Vous perdez votre peine,
Oh bien:
Rentrez dans la baleine,
Vous m'entendez bien.

Du rôle de femme à la fin
Je me suis lassée un matin.
Je suis un galant homme;
Oh bien,
Sans pourtant l'être comme
Vous m'entendez bien.

TARTEFFE.

Mademoiselle...

NINON.

Certaine affaire qui m'attend
Me fait sortir en ce moment:
Le bon soir je vous donne.

TARTEFFE.

Eh bien?

NINON.

Et suis plus que personne,
Vous m'entendez bien.

(*Elle sort en riant.*)

SCENE VI.

TARTEFFE *seul.*

JE crois, en vérité, qu'elle me persiffle. Elle me le payera; & par une de mes pénitentes qui est en crédit à la Cour, je saurai bien en tirer vengeance. J'entends quelqu'un. (*Il reprend sur le champ un air de componction.*) Ah! c'est cette jeune personne qui demeure ici dessus.

SCENE VII.

LUCILE, TARTEFFE.

LUCILE.

MAdemoiselle de Lenclos n'est pas ici? Ah! c'est vous, M. l'Abbé Tarteffe. J'allais aller chez vous pour vous ſupplier de m'être plus favorable. De grace, employez votre crédit tout-puiſſant auprès de ma mere, pour l'empêcher de me ſacrifier à un vieillard malheureuſement un peu plus riche que celui que j'aime.

TARTEFFE.

Le puis-je, ma chere Demoiſelle?

LUCILE.

Ah! j'oſerais preſque vous dire que vous le devez. Oui, votre piété ſeule doit vous intéreſſer en ma faveur.

AIR: *Vaudeville de la Famille extravagante.*

Si l'hymen eſt un nœud ſacré,
Et protégé par Dieu lui-même,
Lier un cœur contre ſon gré,
C'eſt outrager l'être ſuprême.
Ah! contre la force en ce jour
Que votre crédit me protege
Envers le ciel, envers l'amour,
Souffrirez-vous ce ſacrilege.

TARTEFFE.

Ma chere Demoiſelle, je ſuis mortifié de vous refuſer; mais Madame votre mere eſt plus ſage que vous: le choix qu'elle a fait eſt pour votre bien, & je ne ſuis pas capable d'abuſer de ſa confiance, en eſſayant d'influencer ſon opinion ſur un point auſſi important.

LUCILE.

Ainſi vous m'abandonnez?...

TARTEFFE.

Je ne vous abandonne pas: au contraire, ma chere fille; quand vous ſerez unie au bon M. Dorante, je me propoſe bien de vous voir très-ſouvent, & de vous apporter toutes les conſolations dont je ſerai capable. Chere enfant qui m'intéreſſez, vous ne ſavez pas tout le bien que je vous deſire.

LUCILE.

Votre ſainteté, M. Tarteffe, me paraît quelquefois très-ſuſpecte.

TARTEFFE.

Ah! ma chere Demoiſelle, cette plaiſanterie un peu hazardée ne pouvait partir que d'une jeune perſonne qui va chez Mademoiſelle Ninon.

LUCILE.

Mais, vous y venez bien, M. l'Abbé ?

TARTEFFE.

J'y viens pour la convertir.

LUCILE.

Et moi pour la remercier.

TARTEFFE.

Des bons principes qu'elle vous donne apparemment ?

LUCILE.

Non, mais de l'amitié qu'elle nous témoigne; mais des mille écus qu'elle a bien voulu prêter à ma mere très-embarrassée. Je vois trop que la pitié n'est pas de votre religion; mais la reconnaissance est de la mienne. Mademoiselle Ninon n'est pas mon modele, mais elle est mon amie, & peut-être trouverai-je auprès d'elle l'appui que j'ai en vain cherché auprès de vous. Adieu, M. l'Abbé. (*Elle sort.*)

TARTEFFE.

Petite janséniste ! je vous dénoncerai au pere le Tellier.

SCENE VIII.

TARTEFFE *seul.*

EH bien oui : je parlerais pour une petite étourdie comme celle-là qui me manque, qui... Quand je n'aurais pas une autre raison d'être favorable au vieux M. Dorante, cette conversation seule m'y déterminerait. Je veux monter chez la mere de Lucile, la fortifier dans sa résolution, l'engager même à hâter le mariage.

SCENE IX.

TARTEFFE, GOURVILLE.

GOURVILLE.

NInon est sortie, dit-on; eh bien, je l'attendrai. (*A part voyant Tarteffe.*) Quel est cet Abbé-là ?

TARTEFEE *à part.*

Ah, ciel, M. de Gourville !

GOURVILLE *à part.*

Eh ! c'est l'Abbé Tarteffe.

TARTEFFE

TARTEFFE *à part.*

Il eſt venu pluſieurs fois chez moi.

GOURVILLE *à part.*

Ah ! je le rencontre enfin.

TARTEFFE *à part.*

Il va me demander ſes dix mille écus.

GOURVILLE.

Il faut que je lui parle de mon dépôt.

TARTEFFE *courant à Gourville.*

Me trompé-je?... Eh, c'eſt M. de Gourville ! Ah ! Monſieur, que je ſuis flatté de vous rencontrer.

GOURVILLE.

Monſieur, cela me fait auſſi le plus grand plaiſir, & même j'étais déjà...

TARTEFFE *l'interrompant.*

Monſieur, oſerai-je vous demander s'il y a long-tems que nous avons le bonheur de vous poſſéder dans ce pays-ci ?

GOURVILLE.

Je ne ſuis arrivé que depuis quatre jours, & j'ai été chez vous pour...

TARTEFFE *l'interrompant toujours.*

Je ne puis vous exprimer la joie que j'ai de vous revoir.

GOURVILLE.

Je vous remercie : j'ai été chez vous pour vous redemander...

TARTEFFE.

Oh ! avant tout, dites-moi comment va votre précieuſe ſanté.

GOURVILLE.

A merveille, vous êtes trop bon, nous avons enſemble une petite affaire qui...

TARTEFFE.

Monſieur, oſerai-je vous demander quel eſt l'état de la religion dans le pays d'où vous venez ?

GOURVILLE.

Elle y proſpere beaucoup. Il vous ſouvient ſans doute d'un dépôt que...

TARTEFFE.

Ah ! Monſieur, que le nouvelle que vous venez de

m'apprendre est douce à mon cœur ! La religion prospere, que Dieu soit béni.

GOURVILLE.

Oui, Monsieur ; mais mon dépôt...

TARTEFFE.

Quel saint transport m'anime ! Je vois l'héréfie détruite, l'incrédulité confondue, & la vérité triomphante.

GOURVILLE.

Je ne vois point mes dix mille écus dans tout cela, M. l'Abbé, écoutez-moi donc.

TARTEFFE.

O Dieu qui m'entends, acheve ton ouvrage : punis les méchans, rends les bons meilleurs : appelle à toi les honnêtes gens, comme M. de Gourville, par exemple.

GOURVILLE *à part.*

Bonne demande : s'il l'obtenait, je n'en aurais plus à lui faire. (*Haut.*) Ah ça, M. l'Abbé, sortez de votre extase, & parlons un moment, s'il vous plaît, des choses terrestres.

TARTEFFE *paraît sortir d'une extase.*

Ah ! c'est vous, M. de Gourville ; je parlais de vous dans l'instant. J'avais oublié que vous étiez là : pardonnez, je suis sujet à ces pieuses distractions.

GOURVILLE.

Pourvu que vous n'en ayiez pas d'un autre genre, je vous pardonne celle-là de tout mon cœur. A présent que ma proscription est finie, je voudrais bien retirer le dépôt en question.

TARTEFFE.

Monsieur, malgré l'envie que j'ai toujours eu de rendre service, je ne me charge point de faire rendre les dépôts.

GOURVILLE.

Oui ; mais vous vous chargez de les rendre apparemment quand vous vous êtes chargé de les recevoir, & je réclame celui que je vous ai confié.

TARTEFFE.

Je ne vous entends pas.

GOURVILLE.

Comment, vous ne m'entendez pas ? Je vous parle

des dix mille écus que j'ai déposé chez vous, il y a trois ans, & que je vous redemande.

TARTEFFE.

AIR : *Toujours, toujours.*

Je ne sais pas ce que vous voulez dire.

GOURVILLE.

Se peut-il bien
Que vous n'en sachiez rien ?

TARTEFFE.

Moi, garder votre bien,
Monsieur, je crois, veut rire.

GOURVILLE.

Quoi ! ces dix mille écus
Que vous avez reçus ?

TARTEFFE.

Je ne sais pas ce que vous voulez dire.

GOURVILLE.

Je ne suis pas pourtant dans le délire.
Je reconnais
Votre port & vos traits,
Qui l'aurait cru jamais !

TARTEFFE.

Dieu dans nos cœurs fait lire.

GOURVILLE *outré.*

Monsieur le patelin
Vous êtes un coquin.

TARTEFFE *froidement.*

Je ne sais pas ce que vous voulez dire.

(*Il sort.*)

SCENE X.

GOURVILLE *seul.*

QUi aurait cru qu'un homme si renommé par sa vertu, fût capable d'une telle fripponnerie ! voilà dix mille écus de perdus. J'en ai déposé dix mille autres chez Ninon, qui n'a pas tout-à-fait une aussi bonne réputation... Allons, est-ce que je vais avoir peur en les lui demandant ? Oh non, ne lui faisons pas cette injure : cependant, après ce qui m'arrive, on ne peut plus répondre de personne ; je sais d'ailleurs combien peu

Ninon a été fidelle aux fermens qu'elle m'avoit faits. Dans ce moment-ci, m'a-t-on dit, M. de la Châtre est assez bien avec elle.

SCENE XI.

LA CHATRE, GOURVILLE.

LA CHATRE *entrant brusquement.*

Ninon n'y est pas. Quel malheur ! Mais elle reviendra, il faut que je lui parle, il le faut absolument.

GOURVILLE.

Que vois-je? c'est lui, c'est M. de la Châtre.

LA CHATRE.

Ah ! c'est vous, M. de Gourville; je suis fort aise de vous revoir, & qu'on vous ait permis de revenir en France. Heureux mortel ! vous voilà de retour à Paris, & moi il faut que je m'en éloigne.

GOURVILLE.

Vous, Monsieur ?

LA CHATRE.

Un ordre du Ministre m'oblige de partir, cette nuit même, pour rejoindre mon régiment : il faut que je quitte Paris (*soupirant*) & Ninon !...

GOURVILLE.

Ninon, je ne l'ai pas encore vue depuis mon arrivée. Elle est toujours charmante ?

LA CHATRE.

Oui, & toujours légere.

GOURVILLE.

C'est ce qui me semble. Mais la voilà qui arrive.

LA CHATRE *vivement.*

La voilà.

SCENE XII.

NINON, LA CHATRE, GOURVILLE.

LA CHATRE.

Ah ! belle Ninon !...

NINON *courant à Gourville sans prendre garde à la Châtre.*

Ah! Gourville, mon ami, c'est vous? Que je suis heureuse de vous voir! Combien y a-t-il que vous êtes à Paris?

GOURVILLE.

Quatre jours.

NINON.

Quatre jours! Et vous n'étiez pas encore venu ici! Ah! Gourville, je ne vous le pardonnerai de long-tems!...

GOURVILLE.

Excusez-moi. Une multitude d'affaires... (*A part.*) Faut-il lui parler du dépôt que je lui ai laissé?

NINON.

AIR: *Vaudeville du Jokey.*

A propos il m'est arrivé
Un grand malheur en votre absence.

GOURVILLE.

Ciel! voilà mon doute levé,
Et mon malheur en évidence.

NINON.

Je n'ai plus pour vous en ce jour
Le goût que vous pourriez me croire;
Mais si j'ai perdu mon amour,
Je n'ai pas perdu la mémoire.

Et j'ai ici vos dix mille écus en or, que vous pourrez envoyer chercher quand vous voudrez.

GOURVILLE.

Ah, Ninon!...

NINON.

Comment! mais vous avez l'air étonné, je crois?

GOURVILLE.

Moi, point du tout. C'est peut-être un reste de mon étonnement de tout-à-l'heure. J'avais confié dix mille écus aussi à l'Abbé Tartesse...

LA CHATRE.

A ce saint homme?..

NINON.

A ce pédant austere, qui est venu me prêcher ici il y a une demi-heure?

GOURVILLE.

En effet, c'eſt chez vous que je l'ai trouvé ; je lui ai demandé mon dépôt, & le ſaint homme me l'a nié effrontément.

LA CHATRE.

Qui l'eût dit ; & que la conduite de Ninon eſt différente.

NINON.

Eh bien, vous voyez ce que c'eſt que les réputations...

AIR : *Vaudeville de la petite Métromanie.*

Combien de ces graves perſonnes
Valent moins que nous ne valons.
Pluſieurs nous traitent de fripponnes,
Mais ce ſont là les vrais frippons.
Cet accord de nom eſt fort triſte,
Et nous peut ſans doute étonner.
A trop garder leur tort conſiſte,
Et le nôtre eſt de trop donner. *bis.*

LA CHATRE.

Comment l'Abbé Tarteffe a été capable d'une choſe pareille, lui qui a une ſi bonne réputation, lui qui a obtenu la confiance de tant de monde ?

NINON.

AIR : *Aimé de la belle Ninon.*

Charmés de ſes diſcours divins,
Plus d'un homme & plus d'une femme,
Viennent en ſes dévotes mains
Mettre leur argent & leur ame.
Il remet l'ame au tout-puiſſant,
A qui cette offre a droit de plaire :
Mais il garde pour eux l'argent,
Vu que Dieu n'en ſaurait que faire.

Plaiſanterie à part, Gourville, ſi je n'ai pas jugé à propos de ſuivre l'exemple de l'Abbé Tarteffe, je n'ai aucun mérite à cela. N'allez pas avoir l'inſolence d'être reconnaiſſant ; je n'ai fait que mon devoir, rien de plus, & parlons d'autre choſe.

AIR : *Du petit Matelot.*

Vous voilà de retour en France ;
Vous viendrez me voir quelquefois.

GOURVILLE.

Souvent, malgré la différence,
De mes visites d'autrefois, *bis.*
Sur l'amour il faut bien me taire ;
J'aurais dû revenir plutôt ;
Mais votre amitié m'est trop chere,
Je réclame encore ce dépôt. *bis.*

NINON.

Mon amitié, Gourville, pouvez-vous douter que je ne vous l'aie gardée fidelement ! Ah, vous la retrouverez toute entiere !

LA CHATRE, *qui a essayè plusieurs fois d'attirer l'attention de Ninon, à part.*

Voyez si elle me regardera seulement !

NINON *toujours à Gourville.*

Dites-moi, pouvez-vous souper ici ? J'espere avoir quelques-uns de nos anciens amis les Epicuriens, que vous ne serez pas fâché de revoir.

LA CHATRE *à part.*

Allons, elle le retient. Je ne pourrai pas l'entretenir un moment.

GOURVILLE *à Ninon.*

J'accepte avec grand plaisir ; mais je vous demande la permission de vous quitter pour une demi-heure. J'ai une affaire ici près que je cours terminer.

LA CHATRE *à part.*

Ah ! c'est fort heureux.

NINON *à Gourville qui sort.*

Sans adieu.

SCENE XIII.

LA CHARTE, NINON.

LA CHATRE.

Ah ! je puis donc vous entretenir à la fin.

NINON.

Ce pauvre Gourville, je suis tout-à-fait fâchée de la perte qu'il vient de faire.

LA CHATRE.

Et moi aussi ; mais vous ne m'avez pas regardé tout le tems qu'il a été là.

NINON.

Il y a quatre ans que je ne l'ai vu.

LA CHATRE.

Vous aviez l'air de le préférer à moi.

NINON.

Ah ! la Châtre, la Châtre, ne me forcez jamais à choisir entre mes amis & mon amant : mon amant pourrait ne pas y gagner.

LA CHATRE.

Votre amant ! ah ! Ninon ; si je le suis toujours, je n'envierai rien à vos amis ; pardonnez un peu d'impatience à un homme obligé de vous quitter.

NINON *d'un air fâché.*

Ah ! vous allez partir.

LA CHATRE.

Dans deux heures pour Valenciennes : j'ai voulu vous voir encore une fois... Ninon, vous m'aimez ?...

NINON *avec noblesse.*

Je vous l'ai dit.

LA CHATRE.

Oui, mais je pars, & vous allez l'oublier.

NINON *reprenant sa gaîté.*

Oh, que non.

LA CHATRE.

Le ciel a voulu que la plus charmante de femmes en fût en même-tems la plus inconstante.

NINON.

Je ne reçois que la seconde partie de votre éloge... mais je vous conseille de vous plaindre de mon inconstance, comme si vous n'en aviez pas profité.

LA CHATRE.

Ah ! il me serait si doux de réussir à vous fixer.

NINON.

Vous voilà bien, Messieurs les hommes, vous voulez tous qu'on soit infidelé, jusqu'à vous exclusivement.

LA CHATRE.

Mais, Ninon, puisque vous m'aimez, vous voulez m'être fidele?

NINON.

Certainement.

LA CHATRE.

LA CHATRE.

Et vous me le promettez ?

NINON.

Sans difficulté.

LA CHATRE.

Vous me ferez fidele ?

NINON.

Oui.

LA CHATRE.

Ecoutez-moi, Ninon ; vous êtes, à mille égards, une femme extraordinaire ; ce qui peut me tranquilliser, doit l'être aussi. Je veux intéresser à mon bonheur quelque chose de plus que l'amour même.

NINON.

Que voulez-vous me dire ?

LA CHATRE.

Que je vous demande un billet, par lequel vous vous engagerez à me garder, pendant mon absence, la fidélité la plus inviolable.

NINON *riant.*

Ah ! pour le coup, voilà la plus singuliere proposition qu'on m'ait encore faite.

AIR : *Eh ! mais oui-dà.*

Non, je n'ai de ma vie
Ouï rien de pareil ;
Qui de cette folie
Vous donne le conseil ?
Est-ce qu'on a
Jamais proposé de signer cela ?

LA CHATRE.

Ah ! de grace.

NINON.

Ainsi, si je m'engage,
Pensez-y bien, Monsieur :
C'est presque un mariage,
Cela porte malheur.

LA CHATRE.

Oh nenni dà,
Ninon, vous allez me signer cela.

NINON.

Vous le voulez donc absolument !

(*Elle s'aſſied devant ſon chiffonnier, écrit & lit à meſure.*)

Moi, Ninon, je m'engage
Envers mon jeune amant,
A n'être point volage,
Encor qu'il ſoit abſent.
(*Riant.*) Eh! mais oui-dà,
Je ne ſaurais jamais ſigner cela.

LA CHATRE.

Ah! Ninon, je vous en ſupplie, raſſurez votre amant, au déſeſpoir de s'éloigner de vous. Signez.

NINON.

Mais quelle folie!...

LA CHATRE.

Votre trait avec Gourville m'a ravi ſans m'étonner, & quand j'aurai votre billet...

NINON.

Ecoutez donc, ce n'eſt pas d'argent qu'il s'agit ici.

LA CHATRE.

N'importe, ſignez.

NINON.

Vous voyez bien que je fais tout ce que vous voulez.

(*Elle ſigne le billet & le remet à la Châtre.*)

AIR: *Mon honneur dit.*

C'eſt de billets une nouvelle eſpece,
L'invention eſt heureuſe & me plaît;
Quand un amant parlera de tendreſſe,
On lui dira; faites-m'en un billet. *bis.*

LA CHATRE.

Ah! loin de vous tous les jours de ma vie,
Je relirai ce billet enchanteur.

NINON.

Ça, n'allez pas le perdre, je vous prie;
Car ce n'eſt pas un billet au porteur. *bis.*

LA CHATRE.

Je pars le plus heureux des hommes. (*Montrant le billet.*) Et le plus tranquille.

NINON.

Je le crois bien, il eſt ſur papier timbré.

SCENE XIV.

NINON *seule.*

OH ! le drôle de corps ! C'est une bonne folie qui lui a passé par la tête. Allons, vraiment il faut tâcher de lui être fidele. Quoiqu'un peu jaloux, il est aimable, & de plus, il m'aime véritablement. Oh ! pour y réussir, je ne veux plus voir Sévigné, qui est bien aimable aussi, & qui tâcherait de me faire oublier ma signature. (*On entend du bruit.*) Mais qu'est-ce donc que ce tapage qui se fait dans la maison ? Je veux savoir d'où cela vient. (*Elle sonne.*)

SCENE XV.

NINON, LAFLEUR.

LAFLEUR.

QUe veut Mademoiselle ?

NINON.

Va savoir qui fait ce bruit que j'entends.

LAFLEUR.

Quoique je rentre à l'instant, je sais déjà ce que c'est. Cette jeune demoiselle qui demeure ici dessus...

NINON.

Lucile ?...

LAFLEUR.

Sa mere veut absolument la marier à un homme de soixante-dix ans.

NINON.

Ah ! l'horreur.

LAFLEUR.

Mademoiselle Lucile ne veut pas l'épouser, & de-là vient le tapage que vous entendez.

NINON *à elle-même.*

Peut-on sacrifier ainsi une jeune personne si intéressante : ah, dieu ! que ne ferais-je pas pour empêcher ce malheur ! Je veux monter chez sa mere, sur l'esprit de laquelle j'ai quelque crédit... Non, ce n'est pas le moment. Il faut que j'attende qu'elle soit seule (*A Lafleur.*) A propos, tu ne m'as pas dit si tu as trouvé mon vieil ami, Monsieur Des-Iveteaux?

LAFLEUR.

Oui, Mademoiselle, habillé en berger.

NINON.

Comment à son âge?

LAFLEUR.

Une houlette à la main, la panetiere au côté, le chapeau de paille doublé en taffetas couleur de rose sur sa tête.

NINON.

Il est fou.

LAFLEUR.

AIR: *Accompagné de plusieurs autres.*

Il est fou, c'est bien mon avis,
A le juger par ses habits
Tout-à-fait différens des nôtres.

NINON *parlant.*

Mais il a dû te faire peur.

LAFLEUR.

Non pas, j'aime assez en total
Les fous qui ne font pas mal;
Le ciel nous préserve des autres.

Il m'a toutefois parlé avec assez de bon sens. Ah! j'oubliais de dire à Mademoiselle qu'il y avait auprès de lui une jeune fille, en bergere aussi, extrêmement jolie, & qui chantait fort bien.

NINON.

Mais je commence à le croire fort raisonnable. Ah! quelque habit qu'il porte, je serai toujours charmée de le revoir. A propos, il faut dire en-bas, que, jusqu'à nouvel ordre, je n'y suis pas pour M. de Sévigné.

LAFLEUR.

Pour M. de Sévigné? Oui, Mademoiselle. (*Il s'éloigne.*)

NINON.

La Châtre serait ravi s'il pouvait m'entendre.

LAFLEUR.

Ah! Mademoiselle, voilà justement M. de Sevigné qui monte.

NINON.

Tant pis. (*A part.*) Je ne puis plus le renvoyer à présent. (*Haut.*) Allons, qu'il entre.

SCENE XVI.

NINON, SEVIGNÉ.

SEVIGNÉ.

AIR : *Je t'aime tant.*

BElle Ninon, en vous voyant,
Mon plaisir est toujours extrême ;
Puissiez-vous en sentir autant,
En voyant celui qui vous aime.
Le jour, la nuit, dans tous les lieux,
Ninon, votre image m'enflamme ;
Et quand vous manquez à mes yeux,
Je vous retrouve dans mon ame. *bis.*

NINON.

Non, laissez-moi. Je vous l'ai déjà dit, je ne veux pas vous entendre, il faut que vous renonciez à cette passion-là.

SEVIGNÉ.

Y renoncer ? ah ! le puis-je ? & le voudrais-je ?

Même air.

Triste par vous, par vous heureux,
Vous réglez ma joie ou ma peine :
Mon cœur, ma foi, mes sens, mes vœux,
Tout est à celle qui m'enchaîne.
Ah ! je chéris ma passion,
Et j'ai besoin de mon délire ;
Il faut que j'adore Ninon,
Parce qu'il faut que je respire. *bis.*

NINON *à part.*

Il est aimable, raison de plus pour y prendre garde. (*A Sévigné.*) Tenez, Monsieur de Sévigné, j'exige que vous me parliez d'autre chose, sinon nous ne parlerons plus absolument de rien.

SEVIGNÉ.

Que vous êtes cruelle ! Allons, il faut donc cesser de vous parler de vous. Mais je ne vous promets pas de penser à ce dont je vous parlerai.

NINON *qui cherche toujours à détourner la conversation.*

Dites-moi donc, espérez-vous obtenir cette place, que vous sollicitez depuis si long-tems ?

SEVIGNÉ.

Oh ! mon dieu non : je ne réussis à rien ; il faut que je vous dise encore, pour vous attendrir sur mes malheurs, que mes maudits créanciers me tourmentent plus que jamais.

NINON.

Mais vous n'avez donc point d'ordre ?

SEVIGNÉ.

Qu'est-ce que c'est que de l'ordre ?

NINON.

C'est quelque chose de fort important : il faut que je vous prêche sur cela ; & pendant que vous cherchez à troubler ma raison, moi je veux m'occuper de raffermir la vôtre. Cela est fort généreux. Oui, Monsieur ; l'ordre est une des qualités les plus essentielles pour le bonheur. Je le crois tellement, que j'en ai beaucoup, & je suis bien-aise qu'il y ait une chose sur laquelle je puisse me donner pour exemple.

SEVIGNÉ.

Ah ! il y en a mille.

NINON.

AIR : *Souvent la nuit quand le sommeille.*

Je jouis de peu de richesse ;
Mais pourtant telle que je suis,
Je puis toujours dans leur détresse
Secourir mes anciens amis.

SEVIGNÉ.

De vous en cela je differe.

NINON.

J'ai de mon revenu courant
Toujours une année en avant.

SEVIGNÉ.

Et moi toujours une en arriere.

NINON.

Je voudrais, pour votre bonheur, que vous fussiez plus raisonnable.

SEVIGNÉ.

Oh ! mon bonheur dépend de vous, mais non pas de mes créanciers.

NINON.

Voyez-vous toujours Madame d'Albret ? On dit qu'elle n'aurait pas été fâchée de vous prendre dans ses filets.

SEVIGNÉ.

Je ne ſais, mais elle a une beauté trop froide.

NINON.

« La beauté ſans les graces, c'eſt un hameçon ſans appât. »

SEVIGNÉ.

Vous, Ninon, par exemple, perſonne ne vous échappera jamais.

NINON.

Vous voulez toujours me parler de moi, parlez-moi plutôt de Madame votre mere, qui a tant d'eſprit, de Madame votre ſœur, qui eſt ſi belle: on dit qu'elle vieillit un peu.

SEVIGNÉ.

Un peu? Ah, la vilaine choſe que la vieilleſſe!

NINON.

Sur-tout pour les femmes. Encore ſi c'était une choſe qu'elles puſſent cacher.

AIR: *La Comédie.*

Si j'avais conſeillé les dieux,
Quand ils nous donnaient l'exiſtence,
De nos traits plus long-tems & mieux
Nous cacherions la décadence.
Achille autrefois, nous dit-on,
Jouiſſait d'un rare avantage;
» Son faible était à ſon talon,
» Le nôtre eſt ſur notre viſage.

SEVIGNÉ.

Ah! Ninon, de long-tems vous n'avez rien à craindre à cet égard. Vous avez trop d'attraits, pour qu'il ne vous en reſte pas toujours; & à ſoixante ans, oui à ſoixante ans, je le ſoutiens, vous pourrez encore faire le bonheur d'un amant.

NINON *ſouriant.*

Je ne m'y fie pas.

SEVIGNÉ.

Vous faites fort bien. Mais en dépit du tems, vous ſerez toujours charmante. Il eſt vrai que vous ne me paraîtrez peut-être jamais auſſi jolie que vous me le paraiſſez dans ce moment.

NINON.

Allons donc, ſoyez raiſonnable, je vous en prie.

SEVIGNÉ.

Quoi ! vous ne voulez pas absolument m'écouter? Mais pouvez-vous douter de la vivacité de mon amour? Ninon, j'en appelle à votre cœur.

NINON.

» Je remercie Dieu, tous les soirs, de mon esprit, » & je le prie, tous les matins, de me préserver de » fautes de mon cœur. »

SEVIGNÉ.

Ah ! puisse-t-il aujourd'hui ne pas vous exaucer !.. Ninon, vous laisseriez-vous toucher par ma tendresse? Vous me regardez d'un air plus doux.

NINON.

AIR: *Regard vif & joli maintien.*

Non, n'espérez pas m'émouvoir,
Et je n'ai pas tant de faiblesse.

SEVIGNÉ.

Je puis renoncer à l'espoir,
Mais non jamais à la tendresse.
Pour mériter quelque retour,
Qui plus que moi vous idolâtre,
Daignez penser à mon amour. *bis.*

NINON *à part.*

Souvenons-nous bien (*bis*) de la Châtre. *bis.*

SEVIGNÉ.

Même air.

Dans mille objets en est-il un,
Dont la main soit aussi jolie.

NINON.

Vous n'avez pas le sens commun.

SEVIGNÉ.

Vos yeux commandent la folie;
Ah ! si j'obtenais la faveur
De baiser cette main d'albâtre.

NINON *troublée.*

Eh bien ! eh bien !

SEVIGNÉ.

Dieux, quel bonheur !
Vous la cédez à mon ardeur.

NINON *riant.*

» Ah ! le bon billet (*bis*) qu'a la Châtre. *bis.*

SEVIGNÉ.

SEVIGNÉ.

Que dites-vous de la Châtre ? Et qu'eſt-ce que c'eſt que ce billet dont vous parlez ?

NINON.

Je vous expliquerai cela, mais on vient.

SCENE XVII.

NINON, SEVIGNÉ, GOURVILLE, DES-IVETEAUX *en Berger*, CHAULIEU, MOLIERE.

GOURVILLE.

JE n'arrive pas ſeul, comme vous voyez, mais en bonne compagnie : voici Chaulieu, Moliere...

NINON *l'interrompant.*

Chaulieu, Moliere, ciel ! & Des-Iveteaux, oh ! le drôle de coſtume ! (*A Chaulieu & à Moliere.*) Mes chers amis, je ſuis enchantée de vous voir ; mais permettez-moi, ayant tout, de bien regarder Des-Iveteaux.

MOLIERE.

J'allais vous demander la même permiſſion.

NINON.

Vous vous êtes donc fait berger, mon cher ami ; je le ſavais ; mais je ſuis charmée de le voir. Votre coſtume eſt un peu jeune pour vous, mais il eſt bien, fort bien. La panetiere, la houlette, tout ce qu'il faut. Dites-moi ſeulement pourquoi ce vieux ruban violet qui contraſte avec la fraîcheur des autres ?

DES-IVETEAUX.

Je le porte, & le porterai toute ma vie, en mémoire de la gentille Ninon, qui me l'a donné.

NINON.

Je vous remercie : mais pourquoi n'avoir pas amené la bergere plus gentille, qui embellit pour vous la vie paſtorale.

DES-IVETEAUX.

Je ne pouvais pas l'amener avec moi ; qu'eſt-ce qui aurait gardé le troupeau ?

NINON.

Ah ! c'eſt juſte.

DES-IVETEAUX.

Vous riez : je le ſais bien, je ſuis un peu fou ; mais ſi je ſuis heureux, je ſuis fort ſage. Je veux jouir juſqu'à mon dernier moment.

AIR : *Que ne ſuis-je la fougere.*

Quand un jour la mort ſévere
Croira mon âge accompli,
Je prétends que ma bergere
Chante mon air favori.
Tout au charme de l'entendre,
Expirant de mes tranſports,
Aux accens de ſa voix tendre,
Je deſcendrai chez les morts.

AIR : *Vaudeville du petit Commiſſionnaire.*

Quand j'aurai paſſé la barque
Qui mene ſi loin d'ici,
Je veux que le noir monarque
Au plaiſir ſoit converti.
Où, marchant ſur ſes briſées,
J'inſtruis ſes ſujets divers,
Et dans les Champs-Eliſées
Je tranſporte les enfers

NINON.

Eh mais, comme il s'anime !

DES-IVETEAUX.

AIR : *Auſſi-tôt que la lumiere.*

D'ici je me repréſente
Sur des gazons fortunés,
Et Minos & Rhadamante
Faiſant danſer les damnés.
Ils diront : fous que nous ſommes,
Laiſſons nos fers & nos feux ;
Si l'on peut changer les hommes,
C'eſt en les rendant heureux.

Tous les autres en chœur.

Ils diront, &c.

CHAULIEU.

Bravo ! cela eſt fort bien penſé, j'aime beaucoup ce genre-là.

NINON.

Je le crois bien, mon cher Chaulieu, c'eſt un peu le vôtre. Dites-moi donc, l'Abbé ; Gourville vous a-t-il raconté ce qui lui arrive avec un de vos confreres ?

CHAULIEU.

Le Tartefſe, n'eſt-ce pas? Un coquin comme celui-là déshonore l'habit. Je lui conſeille de parler mœurs, à préſent: j'aimerais mieux avoir dix maîtreſſes, que de faire un trait comme celui-là.

NINON.

Eh! il n'eſt pas difficile, l'Abbé.

CHAULIEU.

Au ſurplus, il ſaudra voir, & cela n'eſt pas fini. A propos, recevez-vous toujours le neveu de l'Archevêque, le jeune Châteauneuf?

NINON.

Hélas, oui... Je doute qu'il réuſſiſſe jamais beaucoup dans le monde.

CHAULIEU.

Il dit cependant que c'eſt vous qui l'avez formé.

NINON.

» Si cela eſt, je fais comme Dieu, qui, quand il eut » fait l'homme, ſe repentit de ſon ouvrage. »

MOLIERE.

Où prend-elle ce qu'elle dit? Et quel homme aurait cette grace, ce piquant qui caractériſe les femmes, & Ninon plus que toute autre?

AIR: *Un Arlequin de la ſcene italienne.*

Malgré l'orgueil qui domine en nos ames,
Et notre force & notre vain ſavoir,
Vous valez mieux cent fois que nous, Meſdames;
Tant que vous ne voulez pas nous valoir.

Belle Ninon, Moliere le parie,
Que nos neveux chériront votre nom:
Oui, ſi la Grece eſt fiere d'Aſpaſie,
La France, un jour, le ſera de Ninon.

TOUS.

Malgré l'orgueil, &c.

NINON.

Vous vous amuſez à me louer, Moliere; mais pendant que vous voilà ici une petite aſſemblée d'Epicuriens, nous ferions bien mieux de chanter quelque choſe dans notre genre. (*A Chaulieu.*) Allons, l'Abbé, c'eſt à vous.

TOUS.

Oui, oui.

CHAULIEU.

Allons, il ne faut pas se faire prier. Je vais donc faire comme les quakers, & vous dire tout ce qui me passera par la tête : mais je vous préviens que j'ai voulu travailler aujourd'hui, & me suis trouvé excessivement médiocre. Allons. (*Il frédonne l'air : Te bien aimer.*)

NINON.

Attendez, je connais cet air-là, & je vais vous accompagner sur mon luth.

SEVIGNÉ *à part, regardant Ninon.*

Toutes les graces & tous les talens !

CHAULIEU.

Avec votre voix douce, vous chanteriez bien mieux que moi la chanson que vous me demandez.

NINON.

Peut-être ; mais qu'est-ce qui la composerait aussi-bien que vous.

(*Ninon a pris son luth, est assise auprès de Chaulieu, les autres personnages se groupent autour d'elle.*)

MOLIERE *un peu à l'écart.*

Quel charmant tableau !

DES-IVETEAUX *à part.*

Que ne sommes-nous dans un bocage !

CHAULIEU *avec chaleur.*

AIR : *Te bien aimer.*

O volupté, Déesse d'Epicure,
Vois tes enfans vers toi levant leurs mains ;
Entends nos vœux du sein de la nature,
Et viens verser le nectar aux humains.

TOUS *en partie.*

Entends nos vœux, &c.

CHAULIEU.

L'adolescent t'aime d'ardeur extrême,
Et le vieillard aime ton souvenir :
Te désirer est le bonheur suprême ;
Te regretter, est encore un plaisir.

TOUS.

Te désirer, &c.

CHAULIEU.

Aux malheureux les bienfaits qu'on dispense ;
Tu les produis, tu sais les inspirer.

On t'a donné le nom de bienfaisance :
Sous tous les noms, nous savons t'adorer.

NINON *vivement.*

Bravo, Chaulieu.

TOUS.

On t'a donné, &c.

NINON.

Ah ! l'Abbé, vous avez bien raison. Je l'ai éprouvé quelquefois, & vous souvent, sans doute. La bienfaisance n'est qu'un des noms de la volupté. Il n'y a peut-être rien d'égal au charme d'avoir secouru une famille honnête, protégé un innocent persécuté, sauvé une victime intéressante : ah ! cela me rappelle cette pauvre Lucile. C'est une jeune fille belle comme l'amour, & que sa mere très-intéressée, veut absolument sacrifier à un vieillard qu'elle déteste.

DES-IVETEAUX.

Ah, ciel !

MOLIERE.

A quoi servent donc les Comédies ?

NINON.

Toutes deux demeurent ici dessus, & je n'attends qu'un moment favorable, afin d'intercéder pour Lucile. Je ne sais pas ce que je ne ferais point, afin que cette pauvre petite épousât celui qu'elle aime. Si vous la voyiez elle vous intéresserait.

MOLIERE.

Comment elle m'intéresse déjà.

CHAULIEU.

Et moi aussi ; mais qu'est-ce que c'est donc ?]

AIR *d'une Contredanse.*

Qu'entends-je ? quel bruit
Près de nous retentit !
De clameurs
Et de pleurs,
Quel mélange ! quel bruit !

NINON.

C'est Lucile, c'est elle,
Sa mere cruelle,
Sans doute la suit.

SCENE XVIII.

LES PRÉCÉDENS, LUCILE, Mad. DUMONT, DORANTE, l'ABBÉ TARTEFFE.

LUCILE *éperdue, entre la premiere, & sans voir personne que Ninon court à elle.*

Suite de la Contredanse ci-dessus.

Touchez ma mere
Severe,
Ou bien je préfere
A mon triste sort
La mort.
Hélas ! il n'est plus que vous
Qui puissiez pour nous
Calmer son courroux.

Mad. DUMONT *très-vîte.*

Eh bien ! cette folle-ci,
Que fait elle ici ?
Ma fille, rentrez,
Si non vous verrez.
(*A Dorante.*)
Monsieur, demeurez,
Vous l'épouserez,
Vous l'épouserez.
(*A Ninon.*)
Perdon, Mamselle Ninon,
Mille fois pardon.
Hélas ! à présent
Qu'on a de tourment
Avec un enfant
Désobéissant, désobéissant.

LUCILE *à Ninon.*

Touchez ma mere
Severe,
Ou bien je préfere
A mon triste sort
La mort.
Hélas ! il n'est plus que vous
Qui puissiez pour nous
Calmer son courroux.

TARTEFEE *à part.*

Encore Monsieur de Gourville !
Je fille,

DORANTE *le retenant.*

Restez.

TARTEFFE *voulant toujours sortir.*

Non pas, c'est inutile.

DORANTE *bas à Tarteffe, d'un ton impérieux.*

Comment, vous partez?
Oh! restez.
Vous m'avez promis votre soutien,
Je vous tien.

LUCILE *à Ninon.*

Touchez ma mere
Severe,
Ou bien je préfere
A mon triste sort
La mort.
Hélas! il n'est plus que vous
Qui puissiez pour nous
Calmer son courroux.

Mad. DUMONT *à Ninon.*

Pardon,
Mamselle Ninon;
Mille fois pardon,
Mamselle Ninon,
Pardon.
Allons, ma fille rentrez.
(*A Dorante.*)
Monsieur, demeurez,
Vous l'épouserez.

LUCILE *montrant Dorante.*

Ah, Dieu! parce que Monsieur a près de dix mille francs de plus que celui que j'aime, est-ce une raison de me forcer à l'épouser, & de me faire mourir de douleur?

NINON *à part.*

Je ne puis soutenir ce spectacle. (*A Mad. Dumont.*) Madame, votre conduite pourrait être plus généreuse. Mais, dites-moi, si je priais celui que Mademoiselle préfere, d'accepter les trois mille livres que vous me devez, cela vous déterminerait-il à l'accepter pour gendre?

LUCILE *se jettant dans les bras de Ninon.*

Ah, ciel! vous êtes donc mon ange tutélaire.

Mad. DUMONT *à Ninon.*

Madame, votre proposition est très-noble, mais...

CHAULIEU.

Comment, vous allez refuser, je crois? A son offre, je joins deux mille francs sur mon prieuré.

MOLIERE.

Et moi deux mille sur mon spectacle.

LUCILE.

O ciel!

DES-IVETEAUX.

Et moi quinze cens francs.

SEVIGNÉ.

Et moi douze cens.

GOURVILLE.

Et moi cinq cens livres: c'eſt tout ce que je puis faire. (*Montrant Tarteffe.*) Et Monſieur ſait bien pourquoi.

TARTEFFE *déconcerté.*

Moi !... Monſieur...

LUCILE *à ſa mere.*

Ma mere, voilà plus de dix mille francs.

DORANTE *à part.*

Je connais Madame Dumont, & je ne dois plus eſpérer. (*A Tarteffe.*) Mais vous, Monſieur, qui m'avez ſi mal ſervi, malgré vos promeſſes.

Air: *Rendez-moi mon écuelle de bois.*

Rendez-moi mon argent en ce cas,
Et que je me retire.

TARTEFFE.

Votre argent, vous n'y penſez pas :
Monſieur, je crois, veut rire.

GOURVILLE *à Dorante.*

Vous verrez qu'il ne ſaura pas
Ce que vous voulez dire.

Mad. DUMONT *à Tarteffe.*

Comment, Monſieur, vous avez reçu de l'argent pour favoriſer le mariage de Monſieur, pour me tromper?

TARTEFFE.

Fi donc, Madame, de l'argent.

GOURVILLE.

M. l'Abbé ne prend pas garde à cela.

TARTEFFE.

Meſſieurs, Dieu me voit.

MOLIERE.

Oui, Dieu voit de belles choſes. (*A part.*) Je ne puis tenir à tant de fourberie. (*A Tarteffe.*)

Air: *La Comédie eſt un miroir.*

C'eſt un Acteur qui vous le dit,
Monſieur, vous jouez à merveille.

TARTEFFE.

Comment je joue?

MOLIERE.

Mais pourtant tout cela vous nuit;
Reſtituez, je vous conſeille.

TARTEFFE

TARTEFFE *avec dédain.*

Monsieur l'Acteur, laissez-moi donc ;
Vous ! me prêcher ! quelle folie !

MOLIERE.

Je puis vous donner le sermon,
Vous me donnez la comédie. *bis.*

TARTEFFE.

O mon Dieu, je vous rends grace ; vous avez voulu m'humilier. Messieurs, & vous ma respectable Madame Dumont, vous ne croyez pas à ces calomnies que les impies & les excommuniés aiment à répandre contre les serviteurs de Dieu.

MOLIERE *qui considere toujours Tarteffe.*

Il me vient une idée.

TARTEFFE.

Quelque idée, peut-être qui me justifie.

MOLIERE *montrant Tarteffe.*

Voilà mon homme.

NINON.

Votre homme, Moliere ; allons donc?

TARTEFFE.

C'est le ciel qui parle par sa bouche.

MOLIERE.

Oui, mon homme, mon hypocrite.

NINON.

Ah ! à la bonne heure.

MOLIERE *avec chaleur.*

Plein de respect pour la religion, il faut que je la venge des frippons qui la calomnient, & des fourbes qui la déshonorent. Je vais faire une comédie sur ce sujet, & c'est Monsieur qui m'en donne l'idée.

TARTEFFE.

Moi ! donner l'idée d'une comédie ; un homme de mon caractere, de mon habit.

MOLIERE.

Je vous en demande pardon : je prends mon bien où je le trouve.

TARTEFFE.

Je vais me plaindre. (*Il veut sortir.*)

DORANTE *qui l'en empêche.*

Arrêtez donc, arrêtez donc, & rendez-moi auparavant mon argent.

NINON *à Dorante.*

Puisse-t-il, Monsieur, vous le rendre mieux que le dépôt de Gourville !

TARTEFFE.

M. de Gourville ne m'a point fait de dépôt.

GOURVILLE.

Il eſt vrai que vous ne m'avez pas fait de billet.

SEVIGNÉ *ſe mettant du côté de la porte, & au moment de tirer ſon épée.*

Oh! parbleu, il ne faut pas laiſſer ſortir un frippon comme celui-là, ſans l'avoir forcé à vous en faire un.

TARTEFFE.

Meſſieurs, de la violence!......

CHAULIEU.

Non, point de violence, M. de Sévigné; laiſſez-lui la porte libre, après qu'il m'aura écouté. (*A Tarteffe.*) M. l'Abbé, je vous ai entendu quelquefois en chaire déclamer avec véhémence contre les Abbés mondains comme moi. Je ne déclamerai pas à mon tour contre les Abbés frippons & pendables comme vous; mais je n'ai qu'un mot à vous dire. Vous ſavez que je ſuis aſſez bien avec le Miniſtre, & auſſi avec l'Archevêque de Paris. Je vous déclare que ſi vous ne faites pas à Monſieur (*il montre Gourville*) un billet par lequel vous vous engagerez à lui rendre, ſous trois jours, ſes dix mille écus, je vais à l'inſtant dénoncer votre infamie; & le moins qui puiſſe vous en arriver, eſt de paſſer le reſte de vos jours dans un cachot.

TARTEFFE *vivement.*

Avez-vous du papier timbré?

NINON.

J'en ai encore une feuille dans mon chiffonnier, (*à Sévigné*) le reſte du billet à la Châtre. (*Elle donne le papier à Tarteffe.*)

GOURVILLE *à Chaulieu.*

O Mr. de Chaulieu! que je vous remercie!

CHAULIEU.

Vous badinez, c'eſt moi qui ſuis trop heureux de pouvoir vous rendre ſervice.

TARTEFFE *donnant ſon billet à Gourville.*

Eſt-ce bien comme cela?

GOURVILLE *après avoir lu.*

Fort bien.

TARTEFFE.

Meſſieurs, je vous ſalue. (*Il ſort précipitamment.*)

DORANTE.

Eh bien ! mon argent, mon argent.

SEVIGNÉ.

Courez vîte après lui, & tachez de le ratraper.

SCENE DERNIERE.

LES PRÉCÉDENS, *excepté* TARTEFFE & DORANTE.

NINON.

AH ! ce pauvre fripon d'Abbé Tarteffe ! il a fait là une mauvaife affaire.

MOLIERE.

Tarteffe ! il s'appelle Tarteffe ! Jufqu'à fon nom qui me convient.

NINON.

Oui, il faudra appeller votre comédie, *Tarteffe.*

MOLIERE.

A-peu-près.

NINON.

J'ai idée, Moliere, que vous en ferez quelque chofe.

MOLIERE.

Je le defire.

CHAULIEU.

Il en fera un chef-d'œuvre.

Madame DUMONT.

Allons, ma fille, je t'unis à celui que tu aimes, & il faut t'en prendre à ce Tarteffe, fi ton bonheur a été différé fi long-tems. O mon dieu ! comme cet Abbé-là m'avait trompé ! (*A Ninon & à fes amis.*) Mademoifelle, & vous, Meffieurs, c'eft un beau trait que vous venez de faire là, & j'en fuis dans l'admiration. Moi, la bienfaifance, c'eft ma vertu.

GOURVILLE.

Ah ça, voilà dix mille écus que je gagne, car je les croyais bien perdus : auffi je ne fouffrirai pas que perfonne ici que moi contribue à l'établiffement de Mademoifelle ; je me charge des dix mille francs.

TOUS.

Allons donc, vous badinez.

GOURVILLE.

Vous fur-tont, Ninon, vous n'êtes pas très-riche, & le facrifice que vous venez de faire pourrait vous géner.

NINON.

Peu ; & puis, comme le plaifir me dédommage !

VAUDEVILLE.

NINON.

Puisque j'ai pu combler vos vœux,
Je trouve bien ma récompense.
Se priver pour faire un heureux,
Quelle plus douce jouissance!

Madame DUMONT.

Ici, Messieurs, que je voudrois voir
Le pédant qui vous censure:
On reconnaît à leurs bienfaits
Les vrais disciples d'Epicure.
On reconnaît à leurs bienfaits
Les vrais disciples d'Epicure.

LUCILE.

Ah! Ninon, de ce jour nos cœurs
Pour vous à jamais se déclarent.

Madame DUMONT.

Si vous avez quelques erreurs,
Ah! que de vertus les réparent!

GOURVILLE.

» Dans l'ame heureuse de Ninon
» L'indulgente & sage nature
» Unit la vertu de Caton
» A la volupté d'Epicure. »

MOLIERE.

L'épicuréisme ici-bas
Est une bonne comédie.
Nombre de gens peu délicats
En font l'absurde parodie.
C'est le plaisir qui nous conduit,
Mais toujours la raison s'épure.
Il n'est donné qu'aux gens d'esprit
D'entrer dans l'esprit d'Epicure.

NINON *au Public.*

Pendant que vous jugez l'Auteur
Il sent expier son audace.
Je vous l'avoue, il a grand'peur;
Vous auriez tous peur à sa place.
Accueillez son intention,
En modérant votre censure,
Corrigez les torts de Ninon
Par l'indulgence d'Epicure.

TOUS.

Corrigez les torts de Ninon
Par l'indulgence d'Epicure.

FIN.

www.ingramcontent.com/pod-product-compliance
Ingram Content Group UK Ltd.
Pitfield, Milton Keynes, MK11 3LW, UK
UKHW020420220726
13923UKWH00005B/2069

9 782019 948252